AF356119

CATALOGUE

DES

MEUBLES & SIÈGES

Anciens et Modernes

TABLEAUX

BRONZES D'ART & D'AMEUBLEMENT

Faïences — Porcelaines

ARGENTERIE & PLAQUÉ

Tentures — Tapis

DONT LA VENTE AUX ENCHÈRES PUBLIQUES AURA LIEU

HOTEL DROUOT — SALLE N° 1

Le Lundi 14 Novembre 1910

A 2 HEURES

M⁰ GASTON **FRANÇOIS**, Commissaire-Priseur

23, Rue Le Peletier, 23

CHEZ LEQUEL SE DISTRIBUE LE PRÉSENT CATALOGUE

EXPOSITION PUBLIQUE

Le Dimanche 13 Novembre 1910, de 2 heures à 6 heures

CONDITIONS DE LA VENTE

Elle sera faite au comptant.

Les acquéreurs paieront *dix pour cent* en sus des enchères.

L'exposition mettant le public à même de se rendre compte de l'état des objets, il ne sera admis aucune réclamation une fois l'adjudication prononcée.

DESIGNATION

TABLEAUX, AQUARELLES
GRAVURES. DESSINS

1 — Tableau médaillon, portrait de femme, cadre doré.

2 — Trois aquarelles représentant des paysages, signées « Thomson ».

3 — Lot de gravures, dessins et aquarelles.
Sera divisé.

LIVRES

4 — Lot d'environ deux cents volumes divers.
Sera divisé.

5 — Un lot de six volumes anciens.

MEUBLES, GLACES, SIÈGES

6 — Armoire à glace à une porte, lit de milieu et deux tables de nuit, le tout de style Louis XVI, en bois sculpté et laqué.

7 — Grande et belle vitrine en bois de placage à hauteur d'appui de style L. XVI ornée de bronzes, dessus de marbre, trois tablettes en glaces à l'intérieur.

8 — Petite console de style Louis XVI avec étagères, tiroirs et glace au fond, dessus marbre.

9 — Grand buffet à deux corps en noyer sculpté et ciré de style Renaissance.

10 — Table noyer sculpté.

11 — Desserte noyer sculpté et ciré de style Renaissance, dessus marbre.

12 — Argentier noyer ciré de style Renaissance.

13 — Douze chaises noyer, dossier et fond cuir.

14 — Porte-manteaux de style Renaissance, avec glace.

15 — Banquette de style Renaissance formant coffre.

16 — Petite table de style Empire, avec dessus marbre vert, ornée de bronze.

17 — Table de salon de style Louis XV en noyer, ornée de filets or.

18 — Important meuble à deux corps en marqueterie hollandaise, monté sur pieds torses, ouvrant à deux portes, et ayant à l'intérieur de nombreux tiroirs.

19 — Petit meuble vitrine noyer à filets or orné d'une peinture « Pastorale », au vernis.

20 — Table dans le goût chinois ornée d'incrustation de nacre.

21 — Petit bureau de dame de style Japonais, avec incrustations de nacre.

22 — Commode de style Louis XV à trois tiroirs en marqueterie ornée de bronze, dessus marbre.

23 — Petite commode à trois tiroirs acajou, dessus marbre et galerie cuivre.

24 — Petit guéridon rond bois sculpté et doré, dessus marbre. Style Louis XVI.

25 — Table bouillotte de style Louis XVI, dessus marbre blanc, galerie cuivre.

26 — Petite table à deux plateaux, avec galeries cuivre.

27 — Très belle armoire normande en chêne finement sculpté, à décor de fruits et de corbeilles de fleurs.

28 — Bahut normand fermant à une porte, en bois sculpté.

29 — Armoire à glace à trois portes en bois noirci de style Louis XVI, deux lits jumeaux et deux tables de nuit, même style.

3o — Bibliothèque, casier en acajou.

31 — Table-bureau acajou à filets cuivre.

32 — Petite table arabe incrustée de marqueterie de nacre.

33 — Support japonais, dessus de marbre.

34 — Gaine noyer ciré. Style Renaissance.

35 — Paravent bois doré style Louis XV avec glace.

36 — Autre paravent à quatre feuilles.

37 — Paravent en bois de fer avec de riches incrustations de nacre.

38 — Toilette à dessus de marbre blanc.

39 — Table gigogne en noyer verni.

4o — Petite table de nuit en bois de rose.

41 — Table à jeu carrée en acajou verni.

42 — Glace biseautée, cadre doré.

43 — Glace cadre laqué.

44 — Lot de meubles courants ne méritant pas description.

Sera divisé.

45 — Canapé, deux fauteuils et quatre chaises bois doré, style Louis XV, recouverts en soierie vert pâle.

46 — Canapé, deux fauteuils, deux chaises en cuir capitonné.

47 — Fauteuil de bureau noyer ciré à fond et dos de canne dorée.

48 — Fauteuil style Louis XVI, dessus en blanc.

49 — Fauteuil canné de style Louis XIV.

50 — Bergère de style Louis XVI bois doré, couverte en soierie fond crème.

51 — Fauteuil de bureau canné, style Louis XVI.

52 — Deux chaises légères bois noirci.

53 — Deux fauteuils d'angle noyer, à filets or.

54 — Fauteuil recouvert en panne rose.

55 — Deux fauteuils genre anglais.

56 — Tabouret de piano bois noirci.

57 — Banquette bois doré, recouverte de soierie à fond rouge. Style Louis XV.

58 — Lot de coussins soierie.

59 — Deux bergères à oreilles en noyer sculpté, recouvertes de soierie à fleurs.

60 — Canapé recouvert étoffe fantaisie.

61 — Quatre chaises légères noyer, rehaussées d'or.

OBJETS D'ART ET D'AMEUBLEMENT
OBJETS DE VITRINE

62 — Très important bronze de Mercier : David terrassant Goliath.

63 — Pendule Empire en bronze doré, deux flambeaux bouts de table à deux lumières, bronze doré.

64 — Pendule et deux candélabres bronze doré et marbre rouge.

65 — Deux petits bouts de table en bronze à deux lumières, représentant des Amours.

66 — Groupe terre cuite : Faune et Amours.

67 — Buste de femme en terre cuite.

68 — Thermomètre de style Louis XVI en bois sculpté et doré.

69 — Jardinière en émail cloisonné.

70 — Danseuse en bronze formant lampe électrique.

71 — Femme japonaise en bronze, soutenant une lampe électrique.

72 — Lustre électrique Art nouveau à six lumières, roseaux et iris.

73 — Plusieurs plafonniers électriques.
Sera divisé.

74 — Plafonnier en forme de lampe juive à sept branches, en cuivre.

75 — Plafonnier électrique à trois branches.

76 — Plafonnier à six branches cuivre doré et quatre appliques. Style Louis XVI, montés pour l'électricité.

77 — Lampe à colonne, montée pour l'électricité, et un abat-jour.

78 — Lampe de bureau en bronze, montée pour l'électricité.

79 — Paire petits flambeaux bronze doré à deux lumières. Style Empire.

80 — Paire d'appliques de style Empire, en bronze vert et doré, montées pour l'électricité.

81 — Petite barque en porcelaine décorée.

82 — Deux petits vases, avec sujets galants et fleurs porcelaine décorée.

83 — Deux poissons en verrerie de Venise.

84 — Vase décoré.

85 — Lot de plusieurs autres vases.
Sera divisé.

86 — Deux grands vases en porcelaine décorée garnis de bronze.

87 — Deux oiseaux en porcelaine d'Allemagne.

88 — Un groupe biscuit : « Causerie galante ».

89 — Un lot de vases et bibelots d'étagère.
Sera divisé.

90 — Galerie de foyer en cuivre, ornée de deux chimères.

91 — Garniture de chenets en cuivre.

92 — Autre garniture de foyer en cuivre.

93 — Porte pelle et pincettes garni, en cuivre.

ARGENTERIE MÉTAL ET PLAQUÉ

94 — Surtout en bronze argenté, avec glaces, en trois parties de style Louis XV.

95 — Carafe à vin fin, monture argent doré.

96 — Tasse à café en porcelaine décorée, monture et soucoupe en argent doré.

97 — Deux salières en argent, style Empire.

98 — Bonbonnière, en cristal, couvercle et monture argent doré.

99 — Deux boîtes à poudre et deux flacons de toilette cristal, couvercles et montures en argent.

100 — Saucière métal argenté et son plateau.

101 — Légumier métal argenté et son convercle.

102 — Pot à lait métal argenté.

103 — Petit pot à lait, sucrier, verseuse et bouillote métal argenté.

104 — Tasse à café avec sa cuiller et sa soucoupe métal argenté.

105 — Deux salières bouts de table.

106 — Ménagère métal argenté.

107 — Réchaud métal argenté, une boîte à biscuits cristal monture métal argenté.

108 — Coupe à fruits cristal et métal.

109 — Deux plats ronds métal argenté.

110 — Deux moutardier.

111 — Verre à glace.

112 — Petite bouilloire métal.

113 — Pince à asperges métal argenté.

114 — Six pinces à asperges métal argenté.

115 — Service à découper.

116 — Cuiller à ragout.

117 — Cuiller à sucre en poudre.

118 — Six petites cuillers dépareillées.

119 — Deux flacons de poche.

120 — Trois plats longs métal argenté.

121 — Huilier métal argenté.

122 — Pince à sucre.

123 — Presse citrons.

124 — Salière, un passe thé.

125 — Truelle à poisson, un manche à gigot.

126 — Petit coupe cristal et métal.

127 — Cinq cuillers à hors-d'œuvre métal.

128 — Ramasse miettes.

129 — Huit dessous de carafe métal argenté.

130 — Vingt-quatre couverts métal argenté, une louche.

131 — Vingt-quatre couteaux de table et vingt-quatre couteaux à dessert.

132 — Un lot de porte couteaux.

133 — Un fort lot faïence et verrerie.
Sera divisé.

134 — Un lot pièces cuivre.
Sera divisé.

RIDEAUX — TENTURES — TAPIS

135 — Grande couverture ou **tapis** en fourrure de Vigogne, un dessus de lit en dentelle de Ténériffe, quatre rideaux en dentelle de Ténériffe.

Sera divisé.

136 — Décor de baie en velours de lin vert, et galerie.

137 — Autre décor de fenêtre avec galerie.

138 — Un décor de fenêtre et galerie.

139 — Tapis uni rouge.

140 — Autre tapis uni rouge.

141 — Une carpette à fond crème.

142 — Une carpette genre Smyrne.

143 — Une carpette.

144 -- Une carpette.

145 — Quatre grands tapis moquette.

146 — Un grand tapis.

147 — Objets omis.